RECUEIL

DE

ROMANCES NOUVELLES

CANNES

IMPRIMERIE L. MACCARRY

RUE D'ANTIBES, 5.

UN MYSTÈRE

BLUETTE

Paroles de E. Auzily, musique de H. Lemoal.

Un soir dans la vallée
J'étais silencieux,
Une femme voilée,
Apparut à mes yeux :
« Viens avec moi, dit-elle,
Je te donne mon cœur;
Suis-moi dans la tourelle,
Je ferai ton bonheur. »

REFRAIN

Depuis, à la tourelle,
Ou dans les frais bosquets;
Je gazouille avec elle,
Nos amours, nos secrets.

A l'église St-Pierre,
Le prêtre nous unit :
« Enfant, dit-il, sur terre
Par moi Dieu vous bénit ! »
Depuis, à la tourelle,
Je possède le cœur;
D'une sœur blanche et belle,
Qui fait tout mon bonheur.

Quel charme et qu'elle ivresse
De servir à genoux;
L'aimable enchanteresse,
Aux yeux noirs et si doux !
Quant elle dit : je t'aime !
je bénis mon destin,
Dans mon bonheur suprême
Je chante le refrain.

A TOI A JAMAIS

DÉDIÉE A Mlle F. C. D. L. R.

Paroles de E. Auzily, musique de H. Lemoal.

Pourquoi ces pleurs qui voilent tes attraits ?
Ma tendre amie, oh ! cesse tes alarmes !
Sur ton front pur rayonnent mille charmes ,
Allons F... mets fin à tes regrets.
    A toi ma tendre amie,
    Mon amour et ma vie,
    A toi seule à jamais.

REFRAIN

Viens, ô ma sœur, viens dans mon beau manoir,
Viens partager avec moi ta tendresse,
Tout mon amour et toute ma richesse,
Seront pour toi sans cesse,
O mon unique espoir !

Je t'aimerai tant que mon tendre cœur
Battra, crois-le, ô ma belle mignonne !
Sur ton front pur poser une couronne,
Serait pour moi le comble du bonheur.
    Mon cœur et ma noblesse,
    Et toute ma richesse,
    Pour toi seule à jamais.

A tes beaux pieds j'implore ton amour,
Tant douce amie, écho de ma pensée ;
Oh ! sois bientôt, bientôt ma fiancée,
Viens dans mes bras, sois à moi sans retour !
    A toi, perle chérie,
    Mon amour et ma vie,
    A toi seule à jamais.

L'amoureuse à son Amant

Paroles de E. Auzily.

Air : Alerte, Alerte.

L'autre jour, assis sous le platane
Où je sommeillais ne disant mot ,
Une fille avec son doux organe,
Me balbutia doucement ces mots :

Refrain

Vite vite, ami de mon cœur, *(bis)*
Viens avec amour dans ma chaumière,
Goûter de l'hymen la douceur.

O toi, Marie, ô toi, que m'est si chère,
Ton doux regard efface ma douleur,
L'hymen d'amour caché dans tes mystères,
Près de toi me cause le bonheur,

Je fus fidèle à sa prière,
Qu'elle me faisait avec ferveur ,
Et j'allais soudain dans sa chaumière
Goûter de l'hymen la douceur.

LA MARGUERITE

Paroles de E. Auzily.

Air : Sur le rebord de ma fenêtre.

Que j'aime à voir sur ma fenêtre,
La Marguerite refleurir !
Je la plantais, je la vis naître ,
Me faudra-t-il la voir mourir ?

Pitié pour elle, ô Dieu suprême,
Et conserve toujours,
La Marguerite, fleur que j'aime , } bis.
Et Nina mes amours.

Je la cultive avec tendresse,
Je l'arrose soir et matin.
Je la chéris avec ivresse,
Et suis heureux de son destin.
Quel bonheur, quelle joie extrême,
De revoir tous les jours,
La Marguerite fleur que j'aime, } bis.
Et Nina mes amours.

Naguère encor l'active abeille,
Sans pitié voulut la flétrir ;
Grâce à mes soins, toujours vermeille,
Elle plaît toujours à ravir.
Je l'ai juré, je veux moi-même,
Défendre et protéger toujours,
La Marguerite, fleur que j'aime , } bis.
Et Nina mes amours.

N'es-tu pas à bon droit flattée,
Ma fleur, à la belle saison,
Alors que de mon adorée,
Tu pares le riche blason ?
Oh ! je voudrais un diadème,
Pour orner à mon tour,
Comme toi, belle fleur que j'aime, } bis.
Ma Nina, mes amours.

O MON BEL ANGE

Paroles de E. AUZILY.

Dédiée à Mademoiselle P...

Que je serais heureux de vous voir mon bel ange,
Que je serais heureux de vous voir tous les jours !
Quand pourrais-je goûter un bonheur sans mélange ?
Partagez mes chagrins si vous m'aimez toujours...
Si je pouvais voler comme fait l'hirondelle
Que de fois, que de fois, j'irai voir mes amours !
D'un mot venu du cœur consolez-moi, ma belle,
Ange aux doux yeux bleus, jurez de m'aimer toujours

Je rêve votre nom, je le rêve à toute heure ;
Que je serais charmé d'être votre amoureux !
Croyez-moi, chère aimée, ah ! bien souvent je pleure,
Je pleure, priant Dieu de nous unir tous deux.
Quel délire pour moi si vous m'étiez promise,
Et si vous me fesiez le plus doux des aveux :
Si vous me permettiez, mon adorable Lise,
De me dire à vos pieds votre esclave amoureux.

Laissez-moi vous aimer, sylphide au front pudique,
Aux doux jolis yeux bleus qui font naître l'amour,
Aux charmants cheveux blonds, à la bouche angélique
Laissez-moi vous aimer et vous voir chaque jour.
Lise, je donnerais pour vous ma vie entière,
Si vous me juriez de m'aimer sans détours,
D'un mot plein de douceur calmez ma peine amère ;
Mon cœur brûle pour vous du plus parfait amour.

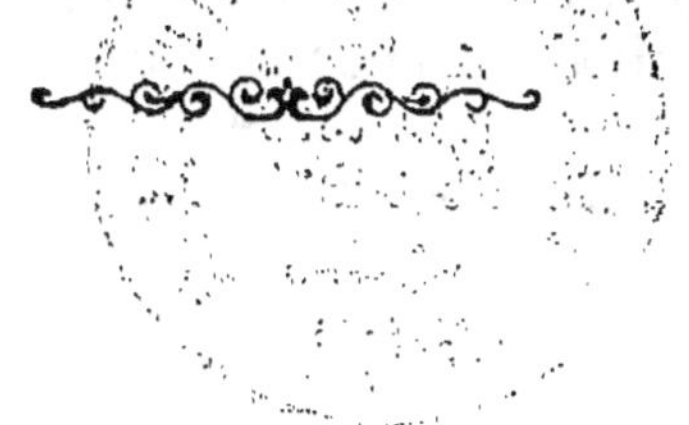

PLAINTES A L'HIRONDELLE

Paroles de E. Auzily , musique de Aussel.

Où vas-tu, douce hirondelle,
Ou t'en vas-tu voltigeant ?
Viens, ô messager fidèle,
Viens adoucir mon tourment.
Guide-moi vers ma maîtresse ;
Viens j'implore ton secours ;
Viens partager ma tristesse,
Ou me montrer mes amours.   { bis.

Viens vite calmer ma peine,
Viens adoucir mon chagrin ;
La noire douleur m'entraîne,
Je succombe à mon destin,
Le malheur me suis sans cesse,
Le bonheur me fuit toujours ;
Je t'attends avec tristesse,
Guide-moi vers mes amours.   { bis.

Viens, dit l'hirondelle sage,
Viens, suis moi, bel amoureux ;
Nulle crainte et bon courage !
Je saurais te rendre heureux.
Tiens, voilà ton infidèle,
Voilà tes chères amours,
Souviens-toi de l'hirondelle,
Qui t'a prêté son secours.   { bis.

Souviens-toi de l'hirondelle
Qui te ramène au bonheur ;
Aime la chère infidèle,
Aime l'oiseau voyageur.
Moi je vais courir le monde,
Et jouir de ces beaux jours ;
Partout, sur la terre et l'onde,
Sois fidèle à tes amours.   { bis.

ROMANCE

Paroles de E. Auzily.

O papillon qui sur ma fleur si belle
Viens te jouer avec tant de plaisir,
Respecte-là ; c'est une fleur nouvelle,
Épanouie au souffle du zéphir.

REFRAIN

Oh! par pitié de cette fleur si belle,
Ne ternis pas l'éclat et la splendeur ;
Comme ferait l'amant pur et fidèle,
Respecte, ami, sa grâce et sa fraîcheur !

Cent fois le jour, le soir, à la nuit close,
Que de baisers je voudrais lui donner ?
Mais au rosier il faut laisser la rose,
Pour ne pas voir sa beauté décliner.

Un rien la tue et fait qu'elle succombe ;
Le chaste amant sait borner ses désirs ;
Si nos baisers l'entraînaient vers la tombe,
Un noir chagrin ferait place aux plaisirs.

Elle m'attend aux Cieux

MÉLODIE

Paroles de E. Auzily, musique de L. Bonicard.

J'étais bien jeune encor quand je fis connaissance
D'un adorable enfant, belle comme le jour,
Elle perdit sa mère en sa plus tendre enfance,
Et ne connut jamais ses soins ni son amour.

J'aimais naïvement cette sœur pure et tendre,
La voir était pour moi le charme le plus doux,
Heureux, dans le bosquet, le soir j'allais l'attendre,
Elle était comme moi fidèle au rendez-vous.

REFRAIN

Tout en parlant d'amour toujours une caresse
Sur son front chaste et pur se glissait doucement ;
Mon cœur était joyeux et dans ma sainte ivresse,
J'étais.... je me croyais le plus heureux amant.

A seize ans elle était si fraîche et si jolie !
Belle comme la fleur qui pare le printemps !
Quand la nuit se faisait, sur l'herbette fleurie
Nous allions goûter d'ineffables moments.
Son cœur était le mien, elle m'était bien chère,
J'aurais donné mes jours pour conserver les siens ;
Maintenant je gémis dans ma douleur amère,
Car la mort a brisé de bien chastes liens !

Hélas ! depuis ce jour sous mes maux je succombe,
Et pourtant de mes yeux les pleurs sont superflus !
Celle que j'adorais dort pâle dans la tombe ,
Sa lèvre est bien muette et son cœur ne bat plus.
Avant que d'expirer : « Cher ami, me dit-elle,
Reçois mon dernier souffle et mes derniers adieux !
Si ton amour fut vrai, sois-moi toujours fidèle,
Garde mon souvenir ! je vais t'attendre aux cieux. »

REFRAIN

Tout en disant ces mots une douce caresse,
Sur son front chaste et pur se glissa tendrement,
Mais qui jamais dira ma profonde tristesse ?
Je la sentis mourir sur mon cœur palpitant !

C'est demain notre union

Paroles de E. Auzily.

Air : Je suis Français.

C'est demain, ô chère Julie,
C'est demain qu'on doit nous unir,
Ma main dans ta main si jolie
Un prètre saint doit nous bénir.
Parfois la nuit dans un doux songe,
Je crois te presser sur mon cœur ;
Rêve charmant, joli mensonge,
Non tu n'es pas le vrai bonheur !

Souvent la nuit quand je sommeille,
Mon cœur aimant tressaille en moi ;
Alors ma joie est sans pareille,
Et mon amour vole vers toi.
Mais bientôt le réveil me plonge,
Dans un ineffable douleur,
Réalité vaut mieux que songe,
Voilà, voilà le vrai bonheur !

Heureux la nuit dans tous mes rêves,
Je crois m'envoler dans tes bras,
Où songer de toi sur les grèves,
Que parcourent souvent tes pas.
Mais cet amour n'est qu'un vrai songe,
Qui vient me plonger dans l'erreur ;
Rêve charmant, joli mensonge,
Non tu n'es pas le vrai bonheur !

Demain, divine providence,
Tu réuniras pour toujours ;
Deux cœurs tout remplis d'espérance,
D'avenir, d'ivresse et d'amour.
Le plaisir chassera le songe,
Dans des moments pleins de douceurs,
Ce ne sera plus le mensonge,
Car ce sera le vrai bonheur.

Pleurons, ma Louise n'est plus

ROMANCE

Paroles de E. Auzily , musique de L. Bonicard.

Chantée par Madame PERRIER

Au pied d'un chêne centenaire,
Je sommeillais ces derniers jours ;
Rêvant à toi qui m'es si chère ,
A toi ma vie et mes amours.
En m'éveillant, douce surprise !
Je t'aperçus à quelques pas,
Ma tendre amante, ma Louise,
Et je te soupirai tout bas :

REFRAIN

O bel'ange, ma Louise
O mes chères amours ;
Puisque tu m'es promise,
Reste avec moi toujours !

Sais-tu bien mon amour extrême,
Doux charme de mon cœur aimant ;
Mon seul bonheur, mon bien suprême.
Ange au sourire ravissant ?
Que je t'en donne l'assurance,
Jusqu'à la fin je t'aimerai,
Pourquoi perdrais-tu l'espérance ?
Dès demain je t'épouserai.

Soudain, hélas ! la mort cruelle
A ravi mon unique amour ;
Dans les demeures éternelles,
Son âme a fixé son séjour.

Elle n'est plus celle que j'aime,
J'ai reçu ses derniers adieux ;
Oh ! je voudrais mourir moi-même,
Pour la rejoindre dans les cieux.

REFRAIN

O bel ange, ma Louise,
Je veux aussi mourir,
Puisque tu m'es promise,
Dieu daignera nous unir.

Mon Rendez-Vous

Paroles de E. Auzily, musique de H. Lemoal.

Quel doux et frais zéphir, quelle nuit parfumée !
La lune brille au ciel, je vais au rendez-vous,
Sous le tilleul en fleurs, m'attends ma bien-aimée,
Je languis de la voir et d'être à ses genoux.

REFRAIN

L'air est bien doux ce soir,
Je vais au rendez-vous,
Quel bonheur de la voir,
De vivre à ses genoux !

Sous le tilleul en fleurs où l'amour nous rassemble ,
Je voudrais demeurer et la nuit et le jour ;
Nous sommes si charmés quand nous sommes ensemble;
Que tous deux nous voudrions alors mourir d'amour.

Bientôt vous vieillirez, amis de la folie,
Et votre beau printemps passera sans retour ;
Aimez tous comme moi l'enfant blonde et jolie,
Dont le tendre regard remplit le cœur d'amour.

L'ABANDON

ROMANCE

Paroles de E. Auzily, musique de L. Bonicard.

Chantée par Mademoiselle Maximine

Pardonne-moi, ô ma chère Suzanne,
Pardonne-moi, si je ne t'aime plus ;
Je te délaisse, et bien qu'on me condamne
Tous tes discours deviennent superflus.
Je t'adorais et je te trouvais belle,
Pleure aujourd'hui : ces beaux jours ne sont plus ,
A d'autres nœuds tâche d'être fidèle ,
Pardonne-moi, car je ne t'aime plus. { bis.

Pardonne-moi, si je deviens volage,
C'est que tu fus infidèle à ton tour,
A tes serments tu ne fus pas bien sage,
En implorant d'un autre son amour.
A mes désirs tu ne fus pas cruelle,
Car tu n'osais me donner le refus ;
A d'autres nœuds tâche d'être fidèle,
Pardonne-moi, car je ne t'aime plus. { bis.

Combien de fois à travers ma fenêtre,
J'ai vu d'amants contempler tes appas !
Peu soucieux de me faire apparaître ,
Tu croyais donc que je te voyais pas ?
Tant d'amoureux ne font pas immortelle,
Car ton amour leur sera superflus,
A d'autres nœuds tâche d'être fidèle,
Pardonne-moi, car je ne t'aime plus. { bis.

Pour se procurer la Musique s'adresser chez M. AUZILY, rue Rostan, 24.

CANNES

IMPRIMERIE L. MACCARRY

RUE D'ANTIBES, 5.